Mano descobre
A ARTE

Para Laís e Luiz...

Mano descobre a arte

Gerente editorial Claudia Morales
Editor Fabricio Waltrick
Editora assistente Thaíse Costa Macêdo
Estagiária Raquel Nakasone
Coordenadora de revisão Ivany Picasso Batista
Revisoras Bárbara Borges, Cláudia Cantarin e Liliane Fernanda Pedroso
Elaboração dos textos de referência Balão Editorial

ARTE
Projeto gráfico Silvia Ribeiro
Editor Vinicius Rossignol Felipe
Diagramadora Thatiana Kalaes
Editoração eletrônica Silvia Ribeiro

CIP-BRASIL. CATALOGAÇÃO NA FONTE
SINDICATO NACIONAL DOS EDITORES DE LIVROS, RJ

P949m

Prieto, Heloisa, 1954-
Mano descobre a arte / Heloisa Prieto, Gilberto Dimenstein; ilustrações Maria Eugênia. - 1.ed. - São Paulo : Ática, 2010.
48p. : il. - (Mano : cidadão-aprendiz)

Inclui suplemento para professores
ISBN 978-85-08-13205-8

1. Literatura infantojuvenil brasileira. I. Dimenstein, Gilberto, 1956-. II. Eugênia, Maria, 1963-. III. Título. IV. Série.

10-1658. CDD: 028.5
CDU: 087.5

ISBN 978 85 08 13205-8 (aluno)
ISBN 978 85 08 13206-5 (professor)
Código da obra CL 737112

2013
1ª edição | 3ª impressão
Impressão e acabamento: Corprint Gráfica e Editora Ltda.

Av. Otaviano Alves de Lima, 4400 – CEP 02909-900 – São Paulo, SP
Atendimento ao cliente: 4003-3061 – atendimento@atica.com.br
www.atica.com.br – www.atica.com.br/educacional

Mano descobre A ARTE

Heloisa Prieto
Gilberto Dimenstein

Ilustrações: Maria Eugênia

editora ática

26

outubro

"bem na hora... você chegou bem na hora..."

MANHÃ

Biologia

Inglês

Educação Física

Português

★ Artes

DIA EM QUE DESCOBRI A ARTE

do mundo nada se leva

Tíbias, cérebros, rádios

O AMOR É A FORÇA MAIS SUTIL DO MUNDO

... GOSTO de CHOCOLATES...

OLHO POR OLHO E O MUNDO ACABARÁ CEGO

QUE CORES E SABORES TÊM AS JUJUBAS?

IBIRAPUERA

O REENCONTRO

De vez em quando eu abro minha agenda no dia 26 de outubro.

Existem dias na vida da gente que parecem invadidos por várias dimensões, bombardeados de acontecimentos, 24 horas em que a vida fica pressurizada. Por isso, agora, nesse momento em que reabro mais uma vez a agenda velha, bem na página que virou minha vida, escrevo por cima de tudo: "dia em que descobri a arte".

No período da manhã, rotina de escola. A estrela indica uma aula especial. Anísia é minha professora preferida e, naquele dia, ela simplesmente arrasou.

Mas antes que eu fale da aula inesquecível, aquela aula que marca uma vida inteira, preciso dizer a mim mesmo que esta foi também a primeira manhã na escola ao lado da Carol.

A Carol salvou minha vida.

Há alguns anos, meu irmão Pedro pirou. Envolveu-se com gente horrível, fez tudo de mal que se pode imaginar. Eu também enlouqueci. Sem saber se contava aos meus pais, ao meu avô, se devia ajudá-lo ou como poderia fazer isso.

Numa noite de sábado vazia, vagando pela rede, inventando bobagem pra conseguir me acalmar, conheci a Carol numa sala de bate-papo. Daquele momento em diante, ela passou a ser minha confidente. Escrever para alguém que me acolhia sem julgar fez toda a diferença. Acontece que eu, no meio do turbilhão, nem me tocava que Chatter, o apelido que a Carol usava na net pra falar comigo, era o nome de uma garota. O tempo todo eu tive o apoio dela, sempre achando que era um melhor amigo. Isso até nos encontrarmos no Ibirapuera... enfim, o parque até hoje é um lugar que eu gosto de visitar. Carol e eu passamos muito tempo por lá enquanto ela morou no Brasil. Até estudamos juntos por um tempo.

26 de outubro.

Carol de volta ao Brasil.

Na minha escola.

Colega de classe, mais uma vez.

Carol voltaria ao Brasil por alguns meses. Depois de tanto tempo de correspondência virtual.

A Carol disse que eu devia assistir dois filmes: ***Antes do amanhecer*** e ***Antes do pôr do sol***, antes que nos encontrássemos. Ela disse que éramos tão idiotas quanto aqueles dois.

Aluguei os filmes na semana de seu retorno.

A história era boa. Dois que se adoram e não percebem acabam se afastando de bobeira. Eram dois filmes inteirinhos só de conversas entre duas pessoas. Mesmo assim, era impossível parar de prestar atenção. Eu estava mesmo gostando. Mas, de repente, reparei como o personagem principal era um cara desengonçado. Alguém que acabava casando com a pessoa errada. E, o que é pior, deixando escapar a garota de quem ele gostava. Para completar, ele parecia mais bobo ainda no reencontro. Bem, é lógico que, no fundo, eu estava me identificando.

Não casei com ninguém durante a ausência da Carol, claro. Mas tive umas histórias meio loucas, sim. Não deu pra evitar. O que me atormentava não era nada disso.

Eu passava mal quando tinha certeza absoluta de que, quando reencontrasse a Carol, eu certamente seria mais ridículo do que o cara do filme.

Dito e feito.

Lá vinha ela.

Cabelo voando ao vento e tudo mais.

Carol chegando na porta da escola.

26 de outubro.

Linda. Mais do que antes.

E eu só digo assim:

– *Tudo bem?*

26 de outubro.

Aula da Anísia.

Ufa! Santa Anísia.

A aula foi genial.

E isso fez toda a diferença...

Aliás, a página da agenda do dia 26 de outubro não tem piadas, como o resto das outras páginas. Ela está repleta de pensamentos. Alguns foram escritos no próprio dia. Outros, como eu já disse, fui enfiando depois. Será que estou com o tal do transtorno obsessivo compulsivo? O tal do TOC? Bem, dizem que o povo que sofre de TOC gosta muito de limpeza, mas eu só faço é sujar mais a página! Vira e mexe eu volto pra página do dia 26 de outubro, feito um CD com defeito que fica repetindo.

Por que será?

Pra que será?

Já não cabe mais nada naquela página.

Por isso eu a arranquei da agenda.

Estou copiando tudinho.

Tentando organizar aqui no meu blog.

Será que vai dar certo?

BLOG DO MANO

Meus livros preferidos

A peste (Albert Camus)

A metamorfose (Franz Kafka)

A náusea (Jean-Paul Sartre)

DECLARAÇÃO DE GUERRA

10h30 – Aula da Anísia.

Era sobre surrealismo.

Quebra de espaço e tempo.

Importância do sonho na criação.

O mundo suprarreal da arte.

Breton e a poesia, **Buñuel** e o cinema, **Dalí** e a pintura.

Classe lotadíssima. Todo mundo quieto.

Classe lotada de um jeito estranho. Bois na linha.

Um povo do fundão que eu não conhecia.

De repente, alguém ergue a mão:

– *Profe, eu tenho uma dúvida!*

Anísia ri. No lugar de responder, diz:

– *"Nossas dúvidas são traiçoeiras e nos fazem perder o que, com frequência, poderíamos ganhar, por simples medo de arriscar", palavras de* ***William Shakespeare****, o bardo imortal.*

– *Shakespeare é um cretino!*

Viro pra olhar a anta que gritou a estupidez.

– *Posso saber por quê?* – diz Anísia.

– *Porque ele é caretinha. As histórias dele têm começo, meio e fim!*

– *E daí?* – Anísia insiste.

– *Daí que eu só gosto de desconstrução, monólogo interno, arte contemporânea! O resto é lixo! Cultura clássica é a coisa mais vazia que existe!*

A anta era toda tatuada. O rosto devia ser bonito se não estivesse escondido com tanta maquiagem. E *piercings*. Eu até que gosto de tatuagem, mas as dela, sei lá por que, ficavam meio ridículas...

– *"Papai é rico, eu sou artista independente", quanto você quer apostar?*

Estas foram as palavras proféticas da Carol, que me cutucou antes de falar de novo, baixinho:

– *Anísia vai pegar leve, repare só...*

– *Que bom que você é tão conhecedora de arte contemporânea!* – disse Anísia. – *Embora, é claro, eu não concorde com suas opiniões, nem sobre Shakespeare, nem sobre cultura clássica.*

– *Cheguei agora de New York. Eu estive fazendo um* workshop *de teatro.*

– *Eu não disse?* – cochichou Carol. – *"Mamãe é* socialite, *eu virei atriz de vanguarda."*

Prendi a gargalhada. Disfarcei. Mas foi quando reparei que ELE tinha nos ouvido.

Ele era a criatura que acompanhava a doida. Olhar arrogante. Peito empinado. Cabelo espetado. Roupas de grife, bem usadas. Infelizmente, o cara tinha lá seu estilo.

– *Pare com isso Beate, a profe não vai entender* – ele sussurrou. – *Além disso, tem gente aqui com inveja. Daquelas que matam, sabe?*

A ira subiu por minha espinha. Não deu.

– *Anísia, diga pra nós quem foi Shakespeare.*

E com sua categoria de sempre, Anísia nos contou que Shakespeare fazia teatro popular. Era irreverente à beça. Inovador. Eterno. Mas que só foi considerado um clássico no século XIX. "Cada grupo cultural vai escolhendo seus clássicos", ela acrescentou. "Um clássico não é uma escolha definitiva ou estática. E se vocês lessem mais os textos gregos, por exemplo, veriam que os dilemas humanos são perenes. E que já foram abordados de formas muito complexas. A escolha da narrativa com começo, meio e fim é só um caminho. Nada mais. Isso não significa que a estrutura seja simples."

– *Por outro lado* – quando eu vi já estava gritando –, *tem gente que escreve muito mal e disfarça fingindo que está se fazendo de moderno. É ou não é? Palavras de Hermano Santiago, meu avô.*

O amigo de Beate se chamava Sérgio. Eu ouvi o nome dele quando a garota o abraçou rindo e olhando para mim com cara de provocação.

26 de outubro.

Meio-dia.

GUERRA DECLARADA.

O GRANDE COMBATE

Meu avô passou a vida pensando no aqui e agora. Ele foi um jornalista defensor dos direitos humanos, preso político, intelectual de renome. Aposentado, cuidou de mim, seu neto, durante toda minha infância.

Hermano Santiago ainda gosta de dizer: "O homem é a soma de seus atos". E eu às vezes comento: "Vô, você acredita em atitude, não é mesmo?". E ele: "Em assumir os próprios atos. Atitude pode ser confundida com pose...".

Pose é o que não faltava a Beate e Sérgio.

Mas, voltando ao meu avô.

Comecei a me interessar por jornalismo lendo os diários dele. Depois foram os livros da biblioteca. Ficção, política, filosofia, economia também.

Finalmente, decidi seguir a mesma carreira.

De repente, quando eu imaginava que já tinha descoberto tudo sobre meu avô, ele começa a se interessar pela vida de **Gandhi**, o pacifista. E, na sequência, pelo grande livro da religião hinduísta, "o grande combate", ***Mahabarata***.

– *Vô, o senhor nunca se interessou pelo sobrenatural* – eu lhe disse. – *Por que agora esse livro?*

– *Sobrenatural, surreal, esses nomes...* – ele comentou. – *A gente mal consegue enxergar um palmo da realidade e fica chamando as coisas que não compreende de além, sobre e supra...*

Continuei calado.

– *Eu me interessei pelas questões filosóficas deste livro. Como o príncipe combatente Arjuna, um dos protagonistas, eu sempre defendi a paz. E muitas vezes eu me encontrei no meio de combates ferozes. Nunca consegui ter uma vida simples. Aliás, só agora, ao seu lado, meu neto, é que eu realmente me realizo. Só agora consigo parar e respirar... Já dizia Gandhi: "O amor é a força mais sutil do universo...".*

26 de outubro.
Hora do almoço na cantina.
Eu sentado ao lado da Carol.
Babando.
Idiota.
Mudo.
Sem pensamentos lógicos.
Será que ela percebia?
Guerra declarada pela manhã.
Amor não declarado no almoço.
O fim do mundo mesmo...
Como é que eu tinha me enfiado nesses dois buracos????

Toda vez que conversamos sobre aquela semana, a Carol insiste que tudo aconteceu no dia 31 de outubro. Ela afirma que minha agenda estava louca. Que eu tinha perdido o sentido do tempo. Trocado tudo de página. Que recebemos um grande golpe de sorte nesta data porque era o dia das bruxas, o Halloween.

– *Hoje, as fronteiras entre os mundos vão se dissipar* – dizia ela quando me convenceu a passar a tarde no Ibirapuera.

– *Não está fazendo sol, pra que você quer ir ao parque?*

– *Por isso mesmo! As árvores conversam por causa do vento, a lagoa fica linda toda arrepiada. É clima de suspense e terror.* **O morro dos ventos uivantes**. *Maravilhoso!*

– *Eu não sabia que você era gótica, Carol...*

– *E não sou mesmo... mas hoje me deu vontade de fingir que sim.*

Enfim, eu me lembro dessa conversa, mas quando olho a agenda só vejo um vazio. Não anotei nada. Página em branco. Fico agora pensando se a Carol não estava certa. Se naquele dia os limites do mundo normal desapareceram e, sei lá, um pouco de magia se espalhou na minha vida, diminuindo os contornos do concreto e minha mania de querer explicações.

Senti frio quando nos sentamos no banco diante do lago acinzentado.

– *Vamos sentar lá perto do viveiro. É mais quentinho...*

Carol queria me animar de qualquer jeito. Minha revolta contra a tal da Beate

e o namorado dela tinha se transformado em ira e depois em depressão. O mundo era injusto mesmo. E o que é pior: pouca gente se importa com isso.

Eu estava murmurando essas coisas, com vontade de mergulhar naquelas águas que deviam estar bem geladas, quando ouvi alguém dizer atrás de nós:

– Abyssus abyssum invocat, *um abismo atrai o outro...*

Ele era baixinho, com o rosto mais simpático que já vi, terno antigo, chapéu de palha, bengala e luvas brancas. O sorriso irônico, os olhos arregalados de quem parece que enxerga além do mundo...

Quando nos viramos, ele nos cumprimentou dando um salto e fazendo uma reverência com o chapéu:

– *Sebastião Bernardes, à sua disposição! Fui batizado em homenagem ao maior comediante do Brasil:* ***Grande Otelo****! Mas podem me chamar de Sebastião* ***Bach****, que eu também gosto muito do meu apelido...*

Carol ficou imediatamente apaixonada pela figura. Bateu palmas. Acho que ela não estava mais aguentando o meu baixo-astral e a alegria que o Sebastião espalhava, aquele bom humor que já vem no DNA de algumas pessoas, lhe deu muito alívio.

– Qual é o abismo que te persegue, meu caro?

Pergunta feita, ele se sentou ao nosso lado, no banco. Impossível não despejar toda a causa de minha frustração e ódio. Contei-lhe tudo. De uma vez só.

– *Do mundo nada se leva...* – repetia Sebastião baixinho enquanto ouvia meu relato.

Sérgio e Beate eram o casal do mal. Surgiram na escola meio por acaso. Eles viviam na Europa havia dois anos e foram aceitos no meio do semestre por exceção. Começaram a frequentar as aulas no mês de setembro porque este seria o início do ano letivo na Inglaterra. Nunca entendi muito bem por que eles tiveram esse privilégio. Ninguém sabia explicar direito.

Na prática, eles chegaram meio discretos e depois começaram a absurdar. A Anísia e seu laboratório de artes, justamente nossa profe mais querida, era o alvo preferido dos dois.

A conversa, ou melhor, a briga sobre arte contemporânea continuou. A classe foi tomando partido e, para minha grande surpresa, os tipinhos ligações perigosas foram conquistando vários seguidores. Na hora do intervalo, Beate ficava fazendo pequenos discursos em voz alta, sentada ao lado do Sérgio, que só balançava a cabeça concordando. Era patético. Durante a aula, cada fala de Anísia era ironizada. E, quando ela tentava explicar melhor sua posição com argumentos legais, a dupla cochichava e ria, impedindo que os outros prestassem atenção.

– *Do mundo nada se leva...* – ele repetiu. – *Garoto, você já ouviu essa frase?*

– *Acho que a Shirley, que trabalha lá em casa, de vez em quando fica repetindo isso...*

– *É um filme de* ***Frank Capra****, o sábio astuto. Você já viu alguma coisa dele?*

Fiz que não com a cabeça.

– *Bem, então vai um combinado. Vou pedir a você e à Carol para assistirem alguns filmes do velho Frank. Mas vejam também o DVD de um filme chamado* **Ligações perigosas**. *Escolham o que quiserem. Depois a gente volta a conversar.*

Assim, sem mais nem menos, lá foi ele embora. Seu Sebastião encantava as crianças do caminho brincando com a bengala, balançando o corpo num gingado que acompanhava as musiquinhas meio doidas que ele gostava de assobiar.

– *Mano, vamos nessa, eu quero ver esses filmes...*

– *Estranho. Ele nem comentou o que eu contei...*

– Do mundo nada se leva, *gostei do filme!* – eu disse à Carol logo depois da sessão com pipoca na casa dela.

Na sequência, assistimos mais dois: *Ligações perigosas* e ***Segundas intenções***. O cara da locadora nos aconselhou a ver ambos. O primeiro, de 1988, é baseado na história original, que se passa no século XVII. O segundo, um *remake* que apresenta a história no mundo moderno, é de 1999.

Fiquei muito tocado pelo primeiro filme: é a história de um crápula conquistador, que faz par com uma mulher com cara de rainha perversa – dessas de conto de fada antigo mesmo – para destruir a única personagem cheia de bondade e ideias. O pior é que eles saem vitoriosos na empreitada.

O segundo filme muda um pouco o final. O crápula ainda é do mal na versão moderna, e até se apaixona de verdade, mas nada o impede de ser totalmente cruel. Ou melhor, cretino. Sério. Quando terminei de assistir os dois filmes, queria mesmo era voltar para a alegria do primeiro DVD: *Do mundo nada se leva*.

Carol riu.

– *Acho que você é mais sensível que eu. Estou vendo que, se você encontrasse o conde de Valmont pela frente, esquecia que é da paz e partia pra cima dele.*

– *Você é que ficou louca* – eu disse. – *Esse cara é tão estúpido que nem merece o meu desprezo...*

– *Mentira, Mano, bem que você queria ir de voadora, de golpe de arraia pra cima dele, igualzinho aprendeu na capoeira...* – Carol repetia dando risadas.

Risadas, pipoca, silêncio.

Fiquei na casa dela até depois do amanhecer...

Só não entendemos, a Carol e eu, o que essas histórias tão engraçadas e até um pouco bobas tinham a ver com as pestes que respondiam pelos nomes de Beate e Sérgio...

BLOG DO MANO

Filmes de Frank Capra!

Do mundo nada se leva
(You can't take it with you):

Alice Sycamore, uma moça simples, está prestes a se casar com seu chefe Tony Kirby, vice-presidente de uma grande empresa. Enquanto isso, o pai do rapaz, para construir um grande empreendimento, planeja demolir a última casa de um lote da região – que é também a casa do avô de Alice, Martin Vanderhof. Esse senhor é patriarca de uma excêntrica família, cujos membros não se importam com dinheiro e só querem se divertir. Antes da data marcada para o casamento, os Kirby visitam a família de Alice, vindo à tona um grande choque de classes e estilos de vida.

Cara, esse aí em cima acabou de entrar na lista dos meus filmes preferidos.

Capra é, tipo assim, obra de arte. Saca filme antigo, em preto e branco mesmo? Gostei de conhecer. As histórias são bem fáceis de entender, simples, parecem até conto de fadas (opa, sem as fadas, é claro), mas a melhor parte é que são MUITO hilárias.

Estão na fila pra eu ver:

Aconteceu naquela noite
(It happened one night):

Filha de um milionário, Ellie Endrews resolve fugir de casa quando o pai cancela seu casamento com o playboy King Westley. Durante sua fuga, acaba recebendo a ajuda de Peter Warne, um repórter sem futuro que está em busca de uma boa história. Eles viajam juntos e, sem nunca admitir, se apaixonam.

O galante mr. Deeds
(Mr. Deeds goes to town):

Logfellow Deeds vive na pacata Mandrake Falls, escreve poemas e toca tuba na banda da cidade. Mas uma reviravolta acontece na vida do simplório Deeds: ele recebe a herança milionária de seu tio, e é obrigado a se mudar para a cidade grande, Nova York. Lá, encontra pessoas que só querem se aproveitar de sua fortuna e humildade – e acaba caindo de amores por uma jornalista metida a esperta.

COMENTÁRIOS

carol@...

Mano! Acho que entendi por que o seu Sebastião pediu pra gente assistir o filme do Capra! O que é melhor, contemporâneo ou clássico? Você prefere *Ligações perigosas* ou *Segundas intenções*? Eu gosto dos dois! Ficamos com uma pulga atrás da orelha, hein?! Bjs.

– *Gente! Eu não aguento mais tantos iPods, celulares, laptops...! O virtual devia ser uma virtude, algo pra ajudar, mas aqui, desse jeito, só atrapalha. Cada um fica prestando atenção na sua ilhota pessoal e ninguém se liga na aula!*

– *Todo homem é uma ilha* – gritou Sérgio do fundão e caiu na gargalhada.

– *Ilha de falta de sensibilidade* – respondeu Anísia, um pouco mais desanimada que de costume. – *Vocês estão perdendo os sentidos das coisas.*

– *Eu não!* – gritou Beate. – *Eu sei sentir direitinho tudo o que eu quero e me importa sentir...*

Mais gargalhadas gerais.

– *Eu acho tudo isso muito sem gosto!* – disse a Carol para defendê-la.

– *Tem gosto pra tudo!!!* – berrou Sérgio.

RISADAS HORRENDAS.

– *Duvido...* – disse Anísia com uma expressão astuta.

– *Como assim, duvida?*

– *Eu aposto com vocês todos que já perderam a noção de gosto...*

– *Você acha que não nos vestimos bem?*

– *Eu falo de gosto no sentido do paladar mesmo. Tipo assim: alguém aqui consegue distinguir os sabores de um saquinho de jujuba?*

As risadas foram substituídas por silêncio, que depois virou sussurro e um mar de mãos levantadas.

– *Jujuba é banal! Impossível não sentir o gosto artificial de tangerina, por exemplo...*

– *Quer apostar?* – disse Anísia.

– *As notas?*

– *Não. Eu quero vocês lendo poesia. Em voz alta. Com sensibilidade.*

– *Absurdou, profe!*

– *Vamos combinar assim: se vocês ganharem, prometo que permito o uso de equipamento eletrônico na aula por um mês sem reclamar.*

PALMAS DA CLASSE INTEIRA.

– *Mas, se eu vencer, vocês formarão grupos de poesia. Quero todo mundo aprendendo a ser mais sensível aqui na classe...*

– *Já ganhamos, profe! Vá se acostumando com a derrota, já vencemos...*

Sérgio disse isso enquanto saía da sala ao lado de Beate e todo o séquito que, infelizmente, ambos lideravam...

No dia 5 de novembro, no Ibirapuera, a conversa foi diferente. Disso eu me lembro muito bem...

– *Venham comigo até o viveiro Manequinho Lopes* – disse Sebastião nos afastando do banco do lago.

– *Mas está sol aqui...* – reclamou Carol.

– *Venham. Como é que vocês, tão jovens, já vivem na base do hábito? Experimentem o novo.*

– *A gente adora novidade* – eu disse já acompanhando as passadas rápidas dele.

– *Não é novidade consumista. É novo nas coisas que merecem atenção.*

– *E o que merece atenção?*

– *Tudo, as pequenas coisas que nunca vemos.*

– *Nossa, esse papo tá muito autoajuda...*

Carol brincava com a bengala emprestada de Sebastião. De repente, ela a jogou para o ar, como se quisesse dar uma de líder de torcida de filme americano.

Então, como se estivéssemos mesmo dentro de um filme, um jovem vestido com uma túnica de mestre de luta marcial se adiantou e a apanhou no ar.

– *Salve, seu Sebastião!*

– *Salve, pequeno mestre!* – ele respondeu bem-humorado.

Assistir Sebastião treinar *kung fu*, todo vestido com seu terno década de cinquenta, cabelo com gumex, sapatos brancos e colete listrado era como entrar por engano no meio de um filme louco. Grande Otelo e **Jet Li**.

Impressionante como ele era bom naquilo.

Impressionante como era respeitado por todos os mestres e alunos do local.

Impressionante como ele não gostava de trocar de roupa nunca.

– *Acho que ele só tem esse terno...* – murmurou Carol do meu lado.

"Será?", fiquei pensando.

É estranho pensar que o concurso do gosto certo aconteceu antes do encontro com o seu Sebastião.

É estranho pensar na vida antes de conhecê-lo.

Não é que seu Sebastião ficasse explicando muito as coisas. Era estar com ele. A presença dele. Parecia sempre que o tempo parava e se alargava. As coisas perdiam a importância. A cada frase que ele dizia com sua mistura típica de brincadeira e seriedade, eu cismava. Parava. Mudava de olhar.

– *O que você achou do meu grande amigo lutador, Mano?* – ele me perguntou curioso.

– *Parecia que eu tinha misturado o filme do* **Karatê Kid** *com todo esse lance do Frank Capra.*

– *Muito bem.*

– *Como assim, seu Sebastião?* – perguntou a Carol.

– *Eu acho que é este o problema dos seus inimigos na escola.*

– *Eles não conseguem misturar filmes?*

– *Isso mesmo. Eles parecem prisioneiros de um filme que outras pessoas escreveram para eles. Gente sem liberdade fica cruel.*

– *Eu gostei muito do Frank Capra.*

– *Por quê?*

– *Tem sempre alguém com muito dinheiro que se apaixona por outra pessoa que não tem dinheiro, que não liga muito pra isso na vida.*

– *Sim, ele fala das riquezas. As visíveis e invisíveis. E no final?*

– *Eles se casam, apesar das diferenças.*

– *Eles se casam,* por causa *das diferenças, minha cara* – disse seu Sebastião.

– *Será? Nunca pensei nisso.*

– *Cada filme do grande mestre Capra é um sonho. Os sonhos movem o mundo. Ou, como diria outro mestre, nosso querido bardo, "Nós somos feitos dos tecidos de que são feitos os sonhos...".*

30 de outubro.

Pode parecer piada.

Se me contassem, eu não teria acreditado.

Anísia pegou um pote cheio de jujubas e fez com que cada um de nós as experimentasse de olhos fechados.

Sempre achei que fosse capaz de sentir a diferença entre uma jujuba de limão e outra de laranja.

Nada disso.

Confundi todos os gostos.

Eu, a Carol, a classe inteirinha.

Inclusive a Beate e o Sérgio.

Pagaram mico também.

Não sobrou ninguém pra contar vantagem.

Anísia gostou muito.

Agora a segunda etapa: poesia...

EM VOZ ALTA.

NA FRENTE DE TODOS.

NÃO TINHA COMO EVITAR...

– *Eu, se fosse você, recitava o poema do* ***Fernando Pessoa****.*

– *Qual deles?*

– *O do chocolate.*

– *Feito. Eu topo.*

Pronto. Resolvi o problema da Carol. Mas e eu? Qual seria o meu poema? O que será que eu poderia ler sem bancar o idiota?

31 de outubro – período da manhã.

Anísia anuncia pra classe no maior entusiasmo do UNIVERSO:

– Gente, tenho dois grandes amigos, diretores de cinema, que estão à procura de novos talentos para o filme que estão fazendo. Tomei a liberdade de convidá-los para assistir nosso sarauzinho na próxima semana!

VAIAS. PROTESTOS. GRITARIA. URROS E GARGALHADAS.

– É agora que vai pegar! – gritou Sérgio.

– Não entendi – disse Carol. *– Será que ele gostou do lance?*

– Pois é... parece que sim... tudo indica que sim...

– "Todos os empreendimentos humanos têm uma maré cheia que, aproveitada em tempo, conduz à fortuna..."

– Isso é Shakespeare, certo, Sebastião?

Ele fez que sim com a cabeça.

Naquela manhã ensolarada, no Ibirapuera, a Carol caminhava diante do lago e recitava Fernando Pessoa. Ela parecia muito feliz. Sebastião a orientava. Ensinava-a como fazer uma pausa. Fixar o olhar na plateia. Usar as mãos para aumentar o efeito das palavras que pronunciava.

Eu estava gostando também. Era bom de assistir. A Carol parecia uma atriz de verdade. Algumas pessoas se aproximaram para ouvi-la. Ela se animou e disse o poema, que se chamava "Tabacaria", bem no meu trecho preferido.

Come chocolates, pequena;
Come chocolates!
Olha que não há mais metafísica no mundo senão chocolates.
Olha que as religiões todas não ensinam mais que a confeitaria.
Come, pequena suja, come!
Pudesse eu comer chocolates com a mesma verdade com que comes!
Mas eu penso e, ao tirar o papel de prata, que é de folha de estanho,
Deito tudo para o chão, como tenho deitado a vida.

Foi demais. Uma menininha tirou um chocolate da mochila e o ofereceu à Carol. Ela o aceitou, emocionada. As pessoas aplaudiram. Sebastião fez um sapateado rápido. Acenou para a plateia improvisada com o chapéu. Depois que as pessoas se afastaram, ele se sentou conosco no banquinho de sempre e disse:

– *Quando a Carol recita o trecho "come chocolates", a gente sente água na boca. Menina, você tem o dom de destacar os sentidos das palavras. É uma atriz nata... Mas você, Mano, você precisa escolher o seu poema. É como eu sempre repito: "Diga que poema amas e direi quem és...".*

– *Mas eu não tenho um poema preferido. Aliás, li pouca poesia...*

– *Tá vendo, Sebastião? Ele está numa neura daquelas... Quer cair fora. Daí o pessoal vai é cair matando. Vão dizer que ele amarelou legal.*

– *Então eu te proponho uma outra investigação pessoal* – afirmou Sebastião.

– *Tipo?*

– *Qual é o seu filme preferido?*

– **Drácula**.

– *Qual das versões cinematográficas?*

– *Todas, claro. Se tiver vampiro, se tiver terror, eu quero ver.*

– *Bem, meu caro, então eu aconselho a leitura do grande poeta* ***Augusto dos Anjos***.

– *O quê? Jura que existe um poeta que escreve terror?*

– *Vá conferir...*

Nem preciso dizer que fui mesmo. E adorei tudo o que li. Havia poemas bem trágicos, outros irônicos, outros na base do terrir. Não foi difícil encontrar um que eu quisesse interpretar. Fui lendo tudo em voz alta e acabei escolhendo este aqui:

Versos a um coveiro

Numerar sepulturas e carneiros,
Reduzir carnes podres a algarismos,
Tal é, sem complicados silogismos,
A aritmética hedionda dos coveiros!

Um, dois, três, quatro, cinco... Esoterismos
Da Morte! E eu vejo, em fúlgidos letreiros,
Na progressão dos números inteiros
A gênese de todos os abismos!

Oh! Pitágoras da última aritmética
Continua a contar na paz ascética
Dos tábidos carneiros sepulcrais

Tíbias, cérebros, rádios e úmeros,
Porque, infinita como os próprios números,
A tua conta não acaba mais!

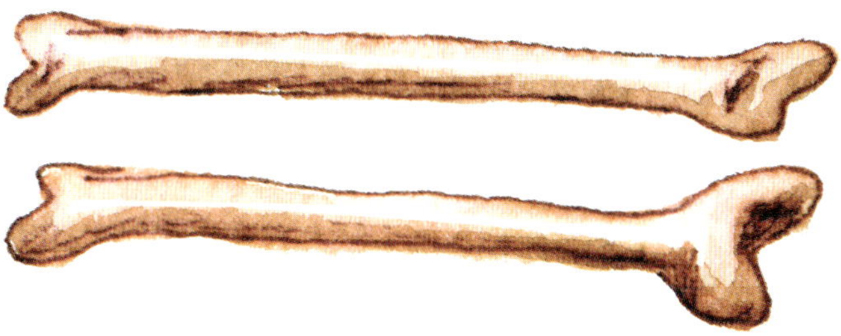

O SARAU

Se eu achava que as frases de Augusto dos Anjos eram meio assustadoras, é porque não tinha noção do terror do dia do sarau na escola.

A Carol chegou ao mesmo tempo que eu. Rimos da coincidência. Fomos caminhando pelo corredor até o auditório. Rindo juntos.

– *Você com seu chocolate, eu, com os defuntos. A gente é tão diferente, né?*

Ela sacudiu os cabelos que estavam soltos. Achei bonito. Ela me deu um abraço.

– *Sua camiseta é legal.*

Eu ri.

Aliás, era pra isso que a gente tinha ensaiado tanto. Só pra dar um pouco de alegria à Anísia. Para tirar aquele climão medonho que andava rolando na aula.

De repente, típico, a Carol tropeça no cadarço do tênis. Aquele que ela nunca amarra sei lá por quê. Como eu vinha logo atrás, caí por cima dela. Começamos a rir, eu percebi o som de outras gargalhadas. Viramos, eu e a Carol ao mesmo tempo. Logo atrás de nós, um casal muito bem-humorado.

– *Isso dava uma ótima cena, você não acha?* – disse o cara.

Eles nos cumprimentaram e entraram na sala. Só então percebemos que eram os diretores do filme, os amigos da Anísia.

Atravessamos a porta logo em seguida. A classe estava lotada. E não era só com o pessoal da classe. Havia fotógrafos, gente fazendo anotações, pessoas que nunca tínhamos visto antes.

– *Será que é por causa do lance dos diretores?* – perguntou a Carol baixinho.

Logo percebemos que não. O casal tinha vindo normalmente, como dois amigos da Anísia e só. Aquela gente toda se reunia em torno de outro casal: Beate e Sérgio.

Quase não acreditei em meus olhos: ambos estavam de preto dos pés à cabeça. O rosto pintado de branco, os olhos cheios de maquiagem escura. No palco do auditório, havia um cenário. No fundo, um telão. Uma mesa de som tinha sido colocada logo adiante.

– *Não fiquem intimidados, meus queridos. Vocês vão arrasar de qualquer jeito* – Anísia disse, assim que se aproximou.

– *Eu não vou subir nesse palco com esse cenário* dark *e toda essa turma fotografando!* – protestou Carol.

– *Então não suba. Diga seu poema como quiser!* – afirmou Anísia.

Logo depois, ela tomou a palavra e apresentou a atividade. Disse aos convidados que o sarau teria início e agradeceu a presença de todos. O casal de cineastas sentou-se no fundo, calmos, com a cara mais normal do mundo.

Vários colegas nossos subiram ao palco escuro. Um fracasso, infelizmente. Ninguém estava se sentindo à vontade com aquele estilo superprodução de vanguarda. Todos nós tínhamos ensaiado na base da brincadeira. Ainda lembrávamos do concurso de jujuba. Nada a ver com tanta pompa e circunstância. Fui ficando irritado. Foi quando a Carol entrou em pânico.

– Eu não subo naquele palco esquisito de jeito nenhum!

Anísia chamou por ela.

– Vá, Carol, é só brincadeira mesmo.

– Eu tô petrificada, Mano!

– Bobagem!

– É sério...

Nisso, lembrei das coisas que o Sebastião contava sobre o Shakespeare. Que as peças dele começavam com um grito porque a companhia era tão pobre que não tinha cortina nem nada. Que os atores caminhavam pelas ruas atuando e chamavam todo mundo pro centro da feira. Que eles precisavam fazer sucesso senão ganhavam ovos podres da turba enraivecida...

– Lembra do Shakespeare?

– Pirei, Mano. Esqueci tudo. Tô com o maior branco!

– "A glória é como um círculo na água, nunca cessa de se dilatar, até que, de tanto expandir, se perde no nada..."

– Mano, você está me deixando mais nervosa ainda...

Nervoso estava eu. Enfiei a mão no bolso. O chocolate.

– Carol, engole esse bombom. Esquece do povo todo e lembre só que você adora chocolate.

Pode parecer bobo, mas funcionou. Na verdade, muita coisa boba dá certo. Às vezes, bem mais do que tudo o que a gente pensa que é muito sério. De qualquer jeito, a Carol, ainda com a boca cheia de bombom, saiu andando pela classe. Ela nunca subiu no palco. Foi recitando entre as pessoas. Rindo. Fazendo as pausas na hora certa.

SUCESSO!!!!

E depois dos aplausos, a luz se apagou. Um curta-metragem foi projetado na tela. Nele, Sérgio e Beate faziam gestos coreografados. Era uma performance superensaiada. Calculada milimetricamente. Havia também imagens e frases espertas. Fotos. Tudo em preto e branco. No fundo, ruídos especialmente criados para o espetáculo. E onde estavam os atores? Na tela, claro. Beate e Sérgio não fizeram nada ao vivo. Ao término da apresentação, subiram ao palco para receber os cumprimentos.

Os convidados batiam palmas de pé.

O pessoal da escola aplaudiu com ar de quem não estava entendendo direito. Mas quem não estava entendendo mesmo era eu. Quer dizer, eu tinha esquecido de mim. Só lembrei que seria o próximo quando a Anísia chamou pelo meu nome...

IBIRAPUERA. O DIA DEPOIS...

Sebastião nos ouvia dando batidas com a bengala branca no chão. Ele também ria muito e balançava a cabeça com um ar de satisfação.

– *Foi um sucesso estrondoso!* – dizia a Carol.

– *Tá louca? Foi o maior fracasso da minha vida!* – eu dizia.

– *Mano, você foi aplaudido de pé!*

– *Carol, você não entende que eu estava totalmente louco? Nem acho que era eu no palco. Era alguém no meu corpo. Sei lá...*

– *É, Mano... você, com sua cara tão normal* – disse Sebastião. – *Quem diria... Você foi possuído pela fera do palco.*

– *O que é isso, Sebastião? Que possuído, que nada! Eu não acredito nessas coisas...*

– *Pois eu sim. Sabe, o teatro tem um lado inexplicável. E algumas pessoas, quando pisam no palco, parecem tomadas por uma força misteriosa. São capazes de assumir outras identidades. É claro, este é realmente o ofício do ator. Mas há pessoas que se preparam tanto e na hora não conseguem. Outros, aparentemente sem o menor preparo, arrasam... como você parece ter feito, não é mesmo?*

– *Vou contar tudo de novo pra ver se entra na sua cabeça, Mano* – disse a Carol, e eu fiz que sim com a cabeça.

– *Seu Sebastião, o Sérgio e a Beate jogaram sujo. Imagine que contrataram um diretor de atores, fizeram um curta-metragem e o projetaram na hora. Tudo supercalculado pra dar certo. Sem erro.*

– *Mas isso não é contra o espírito da coisa? A professora de vocês não os tinha convidado para um sarau poético?*

– *Pois é. E eles entraram com um espetáculo de videoarte. Não dava pra competir.*

– *Será que não? E, de qualquer modo, esse sarau era pra ser uma competição?* – perguntou Sebastião.

– Não. Mas acontece que o casal de cineastas convidado pela Anísia tem visitado escolas para descobrir novos talentos. Eles farão um filme. Foi por isso que eles armaram essa estratégia toda.

– E foram aplaudidos? – quis saber Sebastião.

– Mais ou menos – eu disse.

– Você foi aplaudido! – gritou Carol. *– Vai, Mano, conta como foi pro Sebastião.*

– Eu não. Na verdade, nem lembro direito de nada. Pirei.

– Sebastião, você tinha que ver! Mano foi ficando bravo durante o curta dos dois. Ficava só murmurando que aquilo era injusto. Quando terminaram os aplausos, a turma que tinha acompanhado o Sérgio e a Beate começou a levantar pra ir embora. A Anísia ficou brava e mandou que todos ficassem, porque ainda faltava a apresentação do Mano. Eles fingiram que não ouviram. O Sérgio e a Beate começaram a cochichar e dar risadinhas. Foi então que o Mano virou um bicho. Deu um grito enorme lá do meio da plateia.

VERSOS A UM COVEIRO!

– Não sei se foi o grito ou o título do poema que era tão estranho, mas deu certo. Todo mundo ficou parado!

– Boa, Mano! Entrou com o Augusto dos Anjos, no mais puro estilo shakespeariano – disse Sebastião.

– Nisso, me deu a louca! – completou Mano.

– Pois é, Sebastião, imagine que ele subiu no palco e, a cada verso do poema, ia rasgando os pedaços de cartolina preta que tinham sido colocados no fundo do palco. O cenário de um virou o de outro. Quer dizer, parecia que todo aquele lance gótico tinha sido especialmente preparado pra apresentação do Mano...

– Bravo! Bravo! – gritava Sebastião. *– Este é o verdadeiro espírito do teatro! Você improvisou como um ator medieval! Maravilhoso!*

– Bem, vai ver que fui mesmo ator na outra encarnação... – disse Mano. *– Só sei que, no final, eu só ouvia aplausos e mais aplausos. A plateia se levantou pra mim. Eu nem acreditava...*

TEMPO DE MARÉ CHEIA

Os cartazes convidando os interessados a fazer um teste para um filme foram espalhados por toda a escola. É lógico que isso fez crescer a rivalidade entre a minha turma e o povo da dupla Beate e Sérgio.

Eu queria desistir. Carol não deixava. Resultado? Lá fomos nós conversar com seu Sebastião outra vez.

– *Há instantes em que os homens são senhores de seu destino* – ele afirmou com seriedade.

– *Mas eu não quero ser ator profissional. Aliás, eu nunca imaginei que pudesse subir num palco, seu Sebastião.*

– *O teatro o protegeu numa situação difícil* – ele explicou a Mano –, *e agora acho que você lhe deve uma retribuição.*

– *Seu Sebastião, quem me ajudou foi o senhor. Então farei o que diz, em nome da nossa amizade...*

É lógico que Sérgio e Beate foram os primeiros a se candidatar. Na escola todos já comentavam que eles tinham feito um *workshop* particular só para o teste. O estranho é que, depois disso, eles começaram a faltar. Todo mundo achava que eles seriam escolhidos. Mas eu andava um pouco desconfiado.

Meu teste foi marcado para o período da manhã. Anísia tinha emprestado o espaço do laboratório para os cineastas. Havia câmeras, luzes por todo lado.

A Carol e eu entramos em silêncio e demos com as janelas fechadas e as luzes apagadas. Na câmera, os cineastas assistiam alguma coisa. Reconhecemos a voz. Era Beate quem estava na tela. Mas preciso explicar melhor. Não era a Beate que eu conhecia. Arrogante, causadora, esnobe e cheia de pose. Na tela, eu vi, juro que vi, uma garota frágil e muito sem graça. Uma voz em *off* lhe disse:

– *Fale-me de você...*

Silêncio.

– *Das coisas que você gosta...*

Timidez.

Ela parecia uma cobra acuada que ia contorcendo o corpo, a cara branca ficando apavorada. Os olhos para baixo pareciam mentirosos e vazios.

Os cineastas trocaram palavras em voz baixa e fizeram sinal para que eu entrasse. Carol ficou me observando do canto da porta.

Foi quando me arrependi completamente. Naquele pequeno espaço de tempo, uma fração de segundos, achei que havia me enfiado no pior mico de toda a minha vida. No palco era diferente, alguma coisa me dava confiança: a plateia, o calor das pessoas... Mas a câmera era de apavorar. E eu não era ator coisa nenhuma. Estava ali de bobeira mesmo. Me levantei para sair. Tinha decidido desistir.

– *Quebre a perna, Mano! Sucesso!* – gritou uma voz muito forte.

Olhei para a porta.

Carol ria muito.

Ao lado dela, seu Sebastião. Chapéu de palha, bengala branca, terno listrado...

E foi como se eu tivesse recebido uma injeção de autoajuda. Uma alegria enorme tomou conta de mim. Quando vi, eu já tinha sentado no banquinho e falava sem parar. Aconteceu tudo de novo. Eu me esqueci de tudo o que me cercava. Contei piadas, me diverti, foi muito bom.

Ao término do teste, aplausos vinham de todos os lados.

Foi então que percebi a quantidade de colegas que espiava pela porta, na entrada da classe. A Anísia. A própria equipe aplaudia e... os cineastas...

Levantei para abraçar meu padrinho. Sim, agora eu já assumia que tinha um grande protetor. Foi difícil. Sebastião estava cercado pela equipe de filmagem, sendo abraçado por um profissional depois do outro.

Durante o almoço na cantina da escola, a festa só aumentava. Fiquei observando seu Sebastião de um jeito novo. Ouvindo as conversas, percebi que ele já tinha feito muitos filmes, recebido prêmios internacionais e tudo. Coisa mais louca. Como ele fora parar no banquinho do meu lado, naquela tarde tão normal, de um jeito tão simples?

Eu me lembrei de Shakespeare, claro:

"Todos os empreendimentos humanos têm uma maré cheia que, se aproveitada em tempo, conduz à fortuna...".

Lá pelas tantas, a diretora se levantou, ergueu um copo indicando um brinde geral e disse assim:

– Agora, chega de saudades! Acabamos de ter uma ótima ideia para um filme no futuro! Seu Sebastião, considere-se convidado para estrelar novamente!

Meu sorriso não cabia na boca.

Para mim, aquela experiência toda era boa demais. Mas eu não dedicaria minha vida às artes dessa maneira. Quero ser jornalista como meu avô, Hermano Santiago. Dava para perceber naquele momento que a sorte de ter encontrado um grande amigo como o seu Sebastião e a generosidade dele, de um jeito meio louco, tinha se encadeado em outra maré de boa fortuna. Tipo um golpe de sorte levando a outro e mais outro ainda. Será que o teatro tinha mesmo um espírito que produzia milagres em cena? As pessoas riam ao meu redor e eu viajava nesses pensamentos. Seu Sebastião percebeu. Ergueu o copo de refrigerante. O mesmo copo de plástico de todos os almoços na cantina de minha escola. Só que o sorriso dele era mágico. Como se ele mesmo fosse a encarnação de algo muito bom. Ouvi suas palavras nitidamente:

– Existem mais coisas entre o céu e a terra do que sonha nossa vã filosofia...

Aplausos gerais...

Meu avô, Hermano Santiago, sempre diz:

– "A felicidade de uns é a desgraça de outros. Acontece que o fracasso é bom professor".

Na festa da cantina, os únicos ausentes foram Beate e Sérgio. Depois do período de provas, em novembro, eles sumiram pra valer. Talvez tenham voltado para a Europa, eu nunca soube muito bem e nunca mais ouvi falar deles. Mas quando contei a história toda para meu irmão mais velho, o Pedro, ele se lembrou de outro casal parecido dos tempos em que ele estava no Ensino Médio: o Sombra e a Patty Punk. Ele disse que Beate e Sérgio pareciam variações do mesmo tema. Como se fossem gente do mesmo time.

– E que time é esse? – eu quis saber.

– Sei lá... eu disse isso à toa – ele respondeu e foi saindo do quarto.

Este é o Pedro, meu irmão. Sempre com jeito de quem está de passagem. Mas as palavras que ele vai deixando feito rastro, as pistas que ele me dá, mudam meus pensamentos.

Eu fiquei quieto, lembrando do dia em que seu Sebastião entrou no meio do treino de *kung fu* e eu tive a impressão de estar em dois filmes misturados. Ele se sentou ao nosso lado e disse assim:

– Existem dois tipos de pessoas: as que ficam aprisionadas no filme inventado pelos outros e as que rompem com o roteiro e decidem escrever a própria história. A segunda opção é difícil, cheia de riscos, e nem sempre traz sucesso, conforto ou facilidades. Mas foi esta que eu escolhi para mim...

Blog da Carol

Minha festa de despedida

"O que é do homem o bicho não come!"
(frase da Shirley)

"Ser poeta é ser mais alto, é ser maior
Do que os homens! Morder como quem beija!
É ser mendigo e dar como quem seja
Rei do Reino de Aquém e de Além Dor!"
Palavras da poeta **Florbela Espanca**
(ditas pela Anísia)

"O Coração é o colibri dourado
Das veigas puras do jardim do céu.
Um – tem o mel da granadilha agreste,
Bebe os perfumes, que a bonina deu.

O outro – voa em mais virentes balças,
Pousa de um riso na rubente flor.
Vive do mel – a que se chama – crenças –,
Vive do aroma – que se diz – amor. –"
Palavras do poeta **Castro Alves**
(ditas pelo grande Sebastião Bach)

carol@......

Mano,

voltamos a nos escrever.

Aqui faz frio, sinto saudades de você.

Nunca vou esquecer do sarau improvisado lá em casa, na minha festa de despedida. Principalmente, das falas do poeta Fernando Pessoa, ditas pela Anísia. Lembra a frase que ela citou?

"As cartas são sinais de separação – sinais, pelo menos, pela necessidade de as escrevermos, de que estamos afastados."

Mas, você me conhece, não sou muito de romantismo, então vou te propor alguns desafios, que é mais o meu jeito:

Desafio número um:

Venha me visitar, Paris é linda.

Desafio número dois:

Assista o filme ***Casablanca***. Eu o vi seguindo um último conselho do Sebastião Bach e adorei!

Desafio número três:

Quando o Oscar, seu grande amigo, voltar do intercâmbio, divirta-se com a amizade dele, exatamente como acontece com o herói no final do filme *Casablanca*.

Agora uma frase pra você, que só fará sentido depois de você ter visto o filme:

"Nós sempre teremos o Ibirapuera..." (hehehe...)

Beijos,

C.

Referências

Artes Plásticas – personalidade

Salvador Dalí (1904-1989) (p. 10)

Pintor espanhol, nasceu na região da Catalunha. Foi um dos principais expoentes do surrealismo, com obras marcantes nas artes plásticas. Apesar disso, suas posições políticas o fizeram romper com o grupo, sobretudo com o idealizador do movimento, André Breton. Morreu na mesma cidade em que nasceu, Figueres, deixando como legado uma intrigante obra artística, que se estendeu pelo cinema e pelo teatro.

Audiovisual – atores e cineastas

Luis Buñuel (1900-1983) (p. 10)

Nascido na Espanha, Luis Buñuel é considerado o pai do cinema surrealista, estética que subverte a linguagem convencional do cinema. Estreou na direção com o curta *Um cão andaluz* (1929), codirigido pelo pintor Salvador Dalí. A partir daí começou a produzir filmes como *Viridiana* (1961), *O anjo exterminador* (1962) e *O fantasma da liberdade* (1974), repletos de polêmica, sempre originais e questionadores.

Grande Otelo (1915-1993) (p. 15)

Nome artístico de Sebastião Bernardes de Souza Prata. Nasceu em Uberlândia, Minas Gerais, e foi um dos mais importantes atores e comediantes brasileiros de todos os tempos. Participou de mais de 50 filmes, com destaque para as várias chanchadas – comédias musicais brasileiras – e para *Macunaíma* (1969), de Joaquim Pedro de Andrade. Também atuou em novelas e escreveu letras de sambas. Faleceu ao chegar em Paris (França) para receber uma condecoração no Festival de Nantes, por sua notável carreira.

Frank Capra (1897-1991) (p. 16)

Francesco Rosario Capra nasceu em Bisacquino, no sul da Itália. Ainda criança foi para Los Angeles, nos Estados Unidos, onde se graduou engenheiro em 1918. Como não conseguia emprego, acabou trabalhando no cinema quase por acaso. Durante sua notória carreira, foi diretor, produtor e roteirista de diversos filmes, entre eles *Aconteceu naquela noite* (1934), *O galante mr. Deeds* (1936) e *Do mundo nada se leva* (1938), que lhe renderam três prêmios Oscar de melhor diretor. Depois de uma fase inicial, de comédias cheias de sensualidade e anarquismo, passou a fazer as chamadas "comédias caprescas", com histórias mais sentimentais e marcadas por uma atmosfera otimista, em que a simplicidade é o ideal de vida. Faleceu em La Quinta, na Califórnia.

Jet Li (p. 23)

Pseudônimo do ator chinês Li Lian Jie, nascido na cidade de Pequim (China), em 1963. Li perdeu o pai cedo e aos oito anos começou a treinar o *wushu* (conhecido no Ocidente como *kung fu*) – arte marcial na qual foi campeão mundial diversas vezes. Estreou no cinema chinês em 1982 e já participou de mais de 40 filmes – inclusive sucessos de Hollywood, como *O reino proibido* (2008).

Audiovisual – filmes

Antes do amanhecer / Antes do pôr do sol (p. 7)

Filmes dirigidos por Richard Linklater e estrelados por Ethan Hawke e Julie Delpy. As obras contam a história de Jesse e Celine, um rapaz americano e uma moça francesa que se conhecem em Viena, em 1995, e passam o resto de um dia juntos, conversando. Quando o dia seguinte amanhece, embora apaixonados, precisam se separar. Somente nove anos depois os dois se reencontram em Paris, para colocar a conversa em dia. Os filmes se caracterizam pela sensibilidade dos diálogos sobre diversos assuntos, principalmente sobre relacionamentos. O encontro em Viena é narrado em *Antes do amanhecer* (1995) e o de Paris em *Antes do pôr do sol* (2004).

Ligações perigosas (p. 16) / Segundas intenções (p. 18)

Ligações perigosas é um filme de 1988, de Christopher Hampton, baseado no livro homônimo de Pierre Choderlos de Laclos, clássico da literatura francesa. O filme, que tem Glenn Close, John Malkovich e Michelle Pfeiffer no elenco, conta a história de um jogo de sedução em meio à nobreza francesa em 1760. Em 1999, ganhou uma refilmagem que transpõe a narrativa para os dias atuais: *Segundas intenções*, dirigido por Roger Kumble.

Karatê Kid (p. 24)

Produção original de 1984, dirigida por John G. Avildsen e estrelada por Pat Morita e Ralph Macchio. Depois de três continuações, em 2010 a história do primeiro filme foi refilmada com Jackie Chan e Jaden Smith nos papéis protagonistas. O filme Karatê Kid conta a história de um garoto frágil que recebe a ajuda de um mestre japonês para aprender a centenária arte do caratê.

Drácula (p. 30)

O conde Drácula foi criado pelo irlandês Bram Stoker no romance *Drácula*, de 1897. O escritor se inspirou no personagem histórico Vlad Tepes, herói romeno do século XV conhecido por sua crueldade. O personagem de Bram Stoker já ganhou diversas versões cinematográficas. Dentre as mais famosas personificações do conde no cinema está a do diretor Francis Ford Copolla, de 1992, mais fiel ao original de Stoker.

Casablanca (p. 45)

Filme de 1942, dirigido por Michael Curtiz e estrelado pelas lendas do cinema Humprey Bogart e Ingrid Bergman. Trata-se de um drama romântico que conta a história das pessoas que tentavam fugir da Europa ocupada pelos nazistas. O filme ficou famoso pelo carisma dos protagonistas, pela trilha sonora marcante (graças à música "As time goes by") e pelos diálogos inteligentes. Uma das frases memoráveis do filme é dita pelo personagem Rick Blane (Humprey Bogart) à sua amada Ilsa Lund (Ingrid Bergman): "Nós sempre teremos Paris".

Filosofia – obra

Mahabarata (p. 12)

Texto sagrado do hinduísmo, cuja autoria é atribuída a Krishna Dvapayana Vyasa, que é também um dos personagens. O título, em sânscrito, significa "a grande história da humanidade". O texto é uma epopeia de 18 cantos com mais de 200 mil versos. Dentre os principais personagens estão Krishna, Arjuna, Virdura, Brishna, o rei Dhrtarastra e o herói Kharna.

Filosofia – personalidade

Mahatma Gandhi (1869-1948) (p. 12)

Mohandas Karamchand Gandhi, nascido em Porbandar (Índia), é mais conhecido como Mahatma (que significa "grande alma", em sânscrito). Gandhi era forte adepto do hinduísmo, mas desenvolveu uma doutrina própria baseada também no cristianismo, no jainismo e em pensadores como o russo Tolstoi. Engajou-se na luta contra a dominação inglesa sobre a Índia, em 1919. Liderou diversos movimentos nesse sentido, como o de desobediência civil, em 1930. Com a independência do país, em 1947, passou a lutar por sua unificação com o Paquistão e acabou assassinado por um extremista hindu.

Literatura – escritores e poetas

André Breton (1896-1966) (p. 10)

Escritor e pensador francês, estudou medicina e psiquiatria. As teorias de Sigmund Freud sobre o inconsciente humano influenciariam a elaboração de seu *Manifesto surrealista*, publicado em 1924. Nele, Breton defende a valorização da fantasia, dos sonhos e do inconsciente, em contraposição à racionalidade vigente na arte da época. O surrealismo imaginado por Breton teve forte impacto em todos os campos da arte ocidental.

William Shakespeare (1564-1616) (p. 10)

Dramaturgo, ator e poeta, suas peças de teatro definiram o padrão clássico da dramaturgia. Nasceu na Inglaterra, em Stratford-upon-Avon, e viveu por muitos anos em Londres. Criador de histórias que já tiveram as mais diversas adaptações ao redor do mundo, Shakespeare escreveu cerca de 38 peças e mais de 150 sonetos. Suas tragédias e comédias atraíam tanto a nobreza como o povo, sempre tratando de questões universais relativas ao ser humano. Seu último trabalho foi a peça *A tempestade*.

Fernando Pessoa (1888-1935) (p. 26)

Nascido em Lisboa, foi um dos maiores poetas da história de Portugal. Publicou ensaios e poesias, e em 1914 escreveu pela primeira vez como seus três principais heterônimos: Alberto Caeiro, um observador irônico do mundo; Álvaro de Campos, um apreciador da vida na cidade; e Ricardo Reis, que compõe odes ao campo. Um de seus poemas mais conhecidos é "Tabacaria", escrito sob o heterônimo Álvaro de Campos.

Augusto dos Anjos (1884-1914) (p. 30)

Poeta paraibano, nasceu no município de Sapé e tem em sua bibliografia um único livro: *Eu e outras poesias*. A parte denominada "Eu" foi publicada em vida e as "outras poesias" acrescentadas após sua morte. Sua obra, de caráter altamente pessimista, situa-se entre o simbolismo e o parnasianismo, e muitos críticos literários o consideram um autor pré-modernista. Faleceu aos 30 anos, em Minas Gerais.

Castro Alves (1847-1871) (p. 44)

Poeta nascido em Muritiba, na Bahia. Foi a maior figura da terceira geração do romantismo. Sua poesia e oratória sempre estiveram a favor da causa abolicionista. Morreu de tuberculose aos 24 anos de idade, na cidade de Salvador, tendo publicado em vida apenas um livro, que o consagrou: *Espumas flutuantes*.

Florbela Espanca (1894-1930) (p. 44)

Poeta portuguesa, estudou Direito e foi uma das precursoras do movimento pela emancipação da mulher em seu país. Ser filha ilegítima, a morte do irmão e três casamentos infelizes a marcaram profundamente. A melancolia, a paixão e o olhar feminino são traços fortes em seus sonetos. Ela não obteve reconhecimento como poeta enquanto viveu e, em 1930, cometeu suicídio antes de ver seu terceiro livro – *Charneca em flor* – ser publicado.

Literatura – obras

A metamorfose (p. 9)

Principal livro do escritor austro-húngaro Franz Kafka, publicado pela primeira vez em 1915. Nele, o protagonista Gregor Samsa acorda metamorfoseado em um inseto. Isso causa horror e estranhamento para sua família, que precisa lidar com a situação constrangedora. O autor explora, sobretudo, o horror psicológico de Samsa.

A náusea (p. 9)

Romance existencialista do autor francês Jean-Paul Sartre, publicado originalmente em 1938. O protagonista da história é Antoine Roquentin, um historiador que vai à cidade de Bouville para escrever a biografia do marquês de Rollebon, figura excêntrica que vivera na cidade durante o século XVIII. Ao começar o trabalho, desencanta-se com a sociedade e as condições humanas com as quais se depara em Bouville.

A peste (p. 9)

Uma das principais obras do argelino Albert Camus, publicada em 1947. O livro conta a história de Oran, na Argélia, que é assolada por uma epidemia de peste bubônica, transmitida por ratos agonizantes. O autor usou o texto, escrito durante a Segunda Guerra Mundial, como uma alegoria para denunciar os horrores das ditaduras, especialmente do nazismo.

O morro dos ventos uivantes (p. 14)

Único romance da escritora Emily Brontë, publicado em 1847. O livro narra a tortuosa história de amor de Heathcliff e Catherine, pela ótica da governanta Ellen Dean. O livro, considerado um dos maiores clássicos britânicos, influenciou muito a cultura pop, com diversas adaptações para o cinema e para a televisão – uma inclusive feita pela extinta rede brasileira TV Excelsior.

Música – personalidade

Johann Sebastian Bach (1685-1750) (p. 15)

Nascido em Eisenach (Alemanha), foi um dos mais produtivos músicos do período barroco. Organista e compositor, dominava como poucos a arte da fuga, do contraponto e da música coral. Considerado um dos maiores músicos de todos os tempos, influenciou largamente a música erudita ocidental.